Mio
The Beautiful

The Story of Mio

Mio was excited to start first grade but she was a bit nervous. She wondered what her new school would be like? Would she be able to make new friends? Who would be her new teacher?

みおは　もうすぐ
しょうがく一ねんせい。
わくわく　どきどき。
とても　うれしい　けれど、
すこし　しんぱい。

しょうがっこう　って　どんな
ところ　なんだろう？
おともだちは　できるかな？
せんせいは　どんなひと
　　なんだろう？

The first day of school came. Mio had everything prepared for school. She had a new backpack, pencils, notebooks, shoes and a hat.

さあ、きょうから　がっこう
が　はじまるよ。
じゅんびは　ばんたん。

ぴかぴかの　ランドセルに、
えんぴつと　ノート。
それに、おろしたての
くつと　ぼうし。

Mio walked to school with her parents.
Her parents said to her "We love you and
have a good day at school".

おとうさんと　おかあさんが
がっこうまで　みおを
おくって　くれました。

「いってらっしゃい　みおちゃん。
がっこう　たのしんで
おいでね。」

Mio's teacher was Momo-sensei. Momo sensei made learning interesting and fun. She loved teaching children and the children loved her lessons. Momo sensei would greet each student with a bright smile everyday.

みおの　せんせいは　ももせんせい。
まいあさ　にこにこ
げんきに　あいさつして　くれる
ももせんせい。

ももせんせいは　おしえる
ことが　だいすき。
だから　ももせんせいの
じゅぎょうは　いつも
とても　たのしくて、
こどもたちは　みんな
ももせんせいとの　おべんきょうが
だあいすき。

Mio was very happy at school. She loved
the school lunches, and played after school
at the playground with her friends.

がっこうが　たのしい　みお。
ももせんせいとの　おべんきょうも、
きゅうしょくも、
ほうかご　おともだちと
こうていで　あそぶことも。

Mio enjoyed learning about all the
different Japanese traditional arts like
flower arranging and kimono.

いけばなや　きものを　きることが
　　だいすきな　みお。
　まいにちが　たのしい　みお。

One day some students at school started to make fun of Mio and call her names because Mio's skin color was different from theirs. Mio's mom is Japanese and her father is African Canadian.

ところが　ある日のこと。
おともだちが　みおを
からかうように　なりました。

なぜ？

みおの　はだの　いろが　みんなとは
ちがうから　だって。
みおの　おかあさんは　日本人。
みおの　おとうさんは
アフリカ系(けい)の　カナダ人。

Mio came home from school and told her parents that she did not want to go to school anymore. Mio's father and mother asked her what was wrong. Mio told them that there were children at school who were making fun of her because of her skin color.

「もう　がっこう　なんて
いきたく　ないっ！」
おうちに　かえると
みおは　いいました。

「どうしたの　みおちゃん？
なにが　あったの？」
しんぱいする　おとうさんと
おかあさん。

みおは　うちあけ　ました。
がっこうで　じぶんが
からかわれて　いる　こと。
「みんなとは　ちがう　いろ
だから…なんだって。」

Mio's mother and father called Momo sensei and asked her for help. Momo sensei said that name calling is wrong and she would talk to the whole class about it.

おとうさんと　おかあさんは
ももせんせいに　そうだん
しました。

「おともだちを　からかう　のは
ぜったいに　いけないことだ　と
わたしが　せいとたちに　きちんと
はなして　きかせ　ます」
ももせんせいは　やくそく
して　くれました。

The next day in school, Momo sensei talked to the class. She said that today we are going to talk about the power of words. Words can be very powerful things that can make others feel good about themselves but words can also make others feel very bad.

つぎの日。
ももせんせいは　こどもたちに
かたり　かけました。

「きょうは　ことばの　もつ
　　ちから　に　ついて
　かんがえて　みましょう。
　ことばは　とても　つよい
　ちからを　もって　います。

　　その　ちからで、ほかの
　ひとを　うれしい　きもちに
　　させる　ことも　できるし
　はんたいに、ひどく　いやな
　　きもちに　させる　ことも
　　　　できるのよ。」

Momo sensei asked the children if they remembered a time when someone used a word that made them feel bad. Many students raised their hands. A boy said that he remembered when someone made fun of him and called him names and he felt really hurt.

「だれかに　なにかを　いわれて、
　　かなしい　きもちに　なった
　ことの　あるひとは　いますか。」
ももせんせいは　たずねました。

すると、たくさんの　こどもが
　　　てを　あげました。
「からかわれて　わるぐちを
いわれたとき、とても　いやな
　きもちに　なりました。」
おとこのこが　いいました。

Momo sensei told the students that Japan is a wonderful country because Japan has people of different colors, shapes and sizes. She said that Japan would be a very boring place if everyone was the same.

「ひとは　みんな　ちがっているから
　　　すてきなの。
　せの　たかい　ひとも　いれば、
　　ひくい　ひとも　いる。
　ふとった　ひとも　いれば、
　　やせて　いる　ひともいる。
　　はだの　いろ　だって
　みんな　それぞれ　ちがっていて
　　　あたりまえ。

　こんなふうに　いろんな
　ひとが　みんな　いっしょに
　くらしているのが　にほん　なんだよ。
　　すてきな　ことでしょう？
　みんなが　おんなじ　ようだったら
　　とても　つまらないと
　　　おもいませんか」

Momo said "Mio has a different skin color than many of you but that does not mean that she is not beautiful". She said that "Mio was born in Japan, like us, and speaks Japanese, like us, and she loves Japan like we do".

ももせんせいは　つづけました。

「みおさんは　みんなとは　ちがう
はだの　いろを　して　います。
　でも、みんなと　ちがう
　　から　といって、
みおさんが　かわいくない　と
　おもって　しまうのは
　ただしいこと　かしら？

みおさんは　みんなと　おなじように
　　にほんで　うまれて
みんなと　おなじように　にほんごを
　　　　はなして
みんなと　おなじように　にほんの
　くにが　だいすき　なんだよ。」

When we make fun of people's skin color it is wrong and it makes them feel bad. Momo said "You are all beautiful children and you should not make fun of others because it hurts their feelings". Momo said "Our job is to make Japan a place where everyone can feel happiness and be accepted for who they are".

The students who made fun of Mio said to her "We did not know that our words hurt and we are sorry that we said those things to you." Then they told her "We want to be your friend and want to play with you at recess time".

はだの　いろのことで　だれかを
ばかに　するのは　わるいこと。
だれかが　いやな　きもちに　なって　しまうから。

ももせんせいは　いいました。
「やさしい　この　クラスの　みんななら
わかるでしょう。　ほかの　ひとを　からかうのは
ぜったいに　いけません。おともだちの
こころを　きずつけて　しまうから　です。
どんな　ひとも　たいせつに　うけいれ　られて、
ひとり　ひとりが　しあわせに　いきる
ことの　できる　くにに　みんなで
していきましょう。」

「からかって　ごめんね、みおちゃん。
ふざけた　つもりで　じぶんたちの
いった　ことばが
みおちゃんの　こころを　きずつけて
いた　だなんて　わからなかったんだ。」

クラスの　こどもが　みおの　まわりに
あつまって　きて　いいました。
「なかよく　して　くれる？
やすみじかんに　いっしょに　あそぼうよ。」

Mio smiled and she said "Ok. I would like to be your friend and play with you too". The next day at school they all played in the park together. They were all happy.

にっこり　えがおに　なった
みおは　いいました。
「うん、いいよ。なかよく
しようね。　いっしょに
あそぼうね。」

そして　つぎのひ。
みんなは　いっしょになって
あそびました。
たのしく　たのしく
あそびました。